Querido
Max

Sally Grindley

Ilustraciones de Tony Ross

Querido Max

Castillo de la lectura

DIRECCIÓN EDITORIAL: Antonio Moreno Paniagua
GERENCIA EDITORIAL: Wilebaldo Nava Reyes
COORDINACIÓN DE LA COLECCIÓN: Karen Coeman
DISEÑO DE LA COLECCIÓN: La Máquina del Tiempo
TRADUCCIÓN: Josefina Anaya

Querido Max

Título original en inglés: *Dear Max*

D.R. © 2004 Sally Grindley
D.R. © 2004 Tony Ross

Editado por acuerdo con Orchard Books, una división de Watts Publishing Group Ltd.,
Londres NW1 3BH, Inglaterra.

PRIMERA EDICIÓN EN ESPAÑOL: junio de 2006
D.R. © 2006, Ediciones Castillo, S.A. de C.V.
Av. Morelos 64, Col. Juárez, C.P. 06600
México, D.F.
Tel.: (52 55) 5128-1350
Fax: (52 55) 5535-0656
Lada sin costo: 01 800 536-1777

info@edicionescastillo.com
www.edicionescastillo.com

Ediciones Castillo forma parte del Grupo Editorial Macmillan

Miembro de la Cámara Nacional de la Industria Editorial Mexicana.
Registro núm. 3304
ISBN: 970-20-0854-9

Para Mary, Malcolm y Tom Glenister.

Con amor en memoria de Alice.

S. G.

Para mi amigo Max

D. J.

Querido D. J. Lucas:

Mi tío me compró uno de tus libros en Navidad. Se llama *¿Quién tiene miedo del malvado grandulón?* De veras que me gusta. Sobre todo porque al final la niña resulta ser una gran heroína. ¿Es tu mejor libro?

¿Has escrito otros libros?

Yo quiero ser escritor cuando sea grande.

Saludos de Max
9 años

D.J. LUCAS

CDA. EL BOLÍGRAFO # 30, CUENTOLANDIA, DJ1

19 DE ENERO

Querido Max:

Gracias por tu carta. Qué bueno que te gustó
¿Quién tiene miedo del malvado grandulón? No
podía dejar que el bravucón ganara, ¿verdad?

He escrito bastantes libros. La última vez que
los conté eran treinta y cinco, creo, y estoy a
punto de empezar otro. Los más conocidos son
*A que no te atreves, En mi patio no, Mi maestra
está chiflada, Cereal para siempre*
y *Devuélveme mi boomerang.*

Con mis mejores deseos,
D. J. Lucas

8

Querido D. J. Lucas:

¡Treinta y cinco libros son un montón! Mi mamá dice que podemos buscar tus libros en la biblioteca la siguiente vez que vayamos.

Mi maestro, el señor Sastre (yo le digo Cerebro de Ojal), dice que ha oído de ti. Le enseñé mi libro, *¿Quién tiene miedo del malvado grandulón?*, y dijo que no lo había leído, así que le conté de qué se trataba y le pareció que sonaba bien. Le dije que era el mejor libro que había leído y contestó que tendría que leerlo algún día, pero luego me dijo que fuera a sentarme porque íbamos a escribir qué hicimos en Navidad.

9

Yo no quería escribir sobre lo que hice en Navidad porque es la época más triste para mí y mi mamá, por más que tratamos mucho de que no lo sea.

¿Te gusta escribir libros?

Saludos de Max otra vez
9 años

Me alegro de que no dejaras que ganara el gran bravucón. Sánchez Cabeza es el bravucón de mi clase. Yo le digo Sancho Cabezón, pero no en su cara.

28 DE ENERO

Querido Max otra vez:

Casi siempre me gusta escribir. A veces, sin embargo, la imaginación me abandona. Me la paso ahí en la silla, mirando la hoja en blanco y pensando "¿qué rayos voy a escribir ahora?" A veces pasa un día entero y ahí sigo, con mi hoja de papel en blanco, las uñas más cortas y tazas y tazas vacías de café. Cuando eso me pasa, no me gusta escribir en absoluto. En realidad, ¡preferiría pescar truchas!

Felizmente, una que otra vez me viene una idea brillante a la cabeza. La pesco rapidísimo y, al poco rato, mi hoja blanca de papel ya está cubierta de palabras; algunas parecen llegar por arte de magia. ¡Abracadabra!

¡Espero que los estantes de tu biblioteca estén repletos de mis libros!

¡Feliz lectura, Max!

D. J. Lucas

Querido D. J. Lucas:

Fuimos a la biblioteca y encontramos quince de tus libros. Le pregunté a la bibliotecaria por qué los estantes no estaban repletos de tus libros, pues eres el mejor, y ella me dijo que entran y salen todo el tiempo porque la gente se los lleva prestados sin parar. Saqué *Cereal para siempre*. Mi mejor amiga, Jime, piensa que es un nombre cursi para un libro, pero yo creo que es chistoso. Hasta ahora he leído sólo cinco páginas, pero me gusta la idea de que Tim no quiera comer más que cereales. ¿Qué va a pasar con él? Mamá dice que me parezco a Tim porque siempre quiero catsup. ¡Claro que no con mi cereal! Dice que con mi papá era igual porque siempre quería mostaza. ¡GUÁCALA!

Me gustaría escribir un cuento, pero no sé por dónde empezar. Quiero que sea bueno y chistoso, que pasen muchas cosas y que tenga personajes geniales. Por favor, ¿puedes ayudarme?

Saludos de tu amigo Max.

6 DE FEBRERO

Hola, amigo Max:

¡Voy a tener que comprar más papel para escribir!

Bueno, estamos en el mismo barco. Mi editor me acaba de pedir que escriba un nuevo libro para niños más grandes, y tú quieres escribir un cuento. ¿Tienes alguna idea sobre qué quieres escribir? Yo por supuesto que no. Estoy en una de esas épocas en que mi imaginación me ha abandonado por completo.

Si tú también estás atorado, Max, ¿qué tal si los dos decidimos qué nos interesa más por ahora y empezamos por ahí? ¿Qué tal animales? ¿O piratas? ¿Monstruos? ¿Niños? Los animales siempre son un buen tema porque los hay de todas clases y hacen muchísimas cosas diferentes. En realidad, puedes ponerlos a hacer lo que se te ocurra.

Me gustó tu retrato que pusiste al final de la página. Te envío una foto (mala) de mi perro, Resorte, y otra de mi gato, Rosquilla. Resorte es el can más chiflado que conozco. Le pusimos ese nombre porque cuando era cachorrito siempre brincaba sobre todo lo que se movía, especialmente sobre Rosquilla.

Espero que ya hayas descubierto qué le pasa a Tim Cereal.

¡Feliz escritura, Max!

D. J. Lucas

Resorte

Rosquilla

Querido D. J. Lucas:

Soy yo, Max, otra vez.

Decidí escribir sobre un oso pequeñito porque acabo de ver un programa de osos. ¿Sabes que hay un oso que se llama "oso de anteojos" porque tiene unos anillos alrededor de los ojos que lo hacen ver como si usara lentes? Le voy a poner anteojos a mi oso y lo voy a llamar Grisli. Así es como se ve. ¿Sobre qué vas a escribir tu libro?

Me gustaría tener un perro chiflado, pero mamá dice que no podemos porque vivimos en un departamento y no se permite tener mascotas. Y dice que no sería justo porque cuando ella está trabajando, y yo estoy en la escuela, no habría nadie quien lo cuidara. Mi tío Daniel se acaba de comprar un saluki. Creí que se había comprado una motocicleta hasta que mamá me dijo ¡que me estaba confundiendo con una Suzuki! ¿Habías oído que hubiera una raza llamada saluki? El tío Daniel dice que es como un galgo. Estoy impaciente por ir a verlo, pero una Suzuki hubiera sido mejor.

¿Rosquilla tiene un agujero en medio o está rellena de mermelada? ¿Te gusta el nombre de mi oso? Mamá dice que ver todo gris significa andar quejándose y llorando, así que creo que mi oso va a llorar todo el tiempo —¡BUU, BUU!— porque es un oso triste. También hay un tipo de oso que se llama gris, pero me imagino que ya lo sabes.

¿Qué hago después?

Gracias por escribirme.

Saludos, Max

Éste es un retrato de Rosquilla
con un agujero en la mitad.
Ya llegué al pedacito de
'Cereal para siempre'
donde Tim participa en un
concurso de a ver quién come más cereal.
Espero que gane.

16 DE FEBRERO

Querido Max:

Creo que Grisli es un excelente nombre para un oso. ¿Por qué está triste? ¿Le duelen las patas? ¿Se le acaba la miel todo el tiempo? ¿Le caen cocos en la cabeza constantemente? ¿Se le meten las hormigas en los pantalones? ¿Alguien lo trata de la patada? Tal vez tiene muy pocos amigos.

Me gusta tu dibujo. Los anteojos hacen que Grisli parezca muy, pero muy inteligente. ¿Por qué no haces otro retrato de Grisli en su casa, con los objetos que lo rodean? Sería muy útil para tu cuento.

Yo tuve una vez una Suzuki, pero me costaba mucho trabajo mantenerme sobre ella. Me costaría menos trabajo mantenerme sobre un saluki.

Me temo que no he comenzado mi nuevo libro, pero mi imaginación está trabajando en él. Por el momento me están dando vueltas en la cabeza montones de ideas diferentes.

Abrazos,

D. J. Lucas

Querido D. J. Lucas:

Ya acabé de leer *Cereal para siempre*. Me pareció

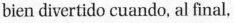 bien divertido cuando, al final, Tim mejor empieza a comer frijoles refritos. Le platiqué a Cerebro de Ojal y dijo que también tendría que leerlo, pero apuesto a que no lo hará. Sancho Cabezón dijo que le parecía una estupidez, pero me tiene sin cuidado lo que piense.

Mamá dice que no debería darte lata, porque tal vez por eso no has empezado tu libro. Jime, mi mejor amiga de la escuela, dice que nunca había oído tu nombre y que de seguro no eres tan bueno si no se te ocurre nada que escribir.

Tuvimos una gran discusión porque yo le dije que tenías millones de ideas y que por eso te tardabas tanto en empezar, porque tenías que escoger la mejor.

¡Dos horas después! Mamá me acaba de llevar a caminar junto a un río. Creo que ahí será donde viva Grisli. Éste es su retrato cuando atrapa peces, porque los osos atrapan peces, lo sé por el programa que vi. Son muy listos. Esperan a que un pez salte y lo atrapan entre sus garras.

Acabo de tener una idea súper-dúper. Grisli no será nada bueno para atrapar peces porque es muy pequeñito, por eso anda triste. Cada vez que atrapa un pez se le resbala de las garras y el pez salta de regreso al agua —¡BUU, BUU!

Saludos, Max

¿Eres muy famoso? No puedo
creer que antes anduvieras
en moto. No creía que los
escritores anduvieran en moto.
Mañana voy a ver el saluki
de mi tío Daniel.

Querido D. J. Lucas:

¡Dos cartas seguidas!

Deberías ver el saluki del tío Daniel. Apenas tiene seis semanas y está loco de atar. Ya masticó unos calzoncillos de mi tío y los dejó hechos jirones; además, se hizo pipí en sus botas. Se la pasa corriendo en círculos, persigue su propia cola y le gruñe. No creo que sepa que es suya. Cuando quisimos jugar futbol en el jardín de mi tío, se echaba a correr con la pelota. Mi tío lo va a llamar Meneíto.

Mi mamá piensa que mi tío se acaba de echar encima un montón de problemas y, antes de que yo pudiera preguntar por qué, dijo: "No, Max, no vas a tener uno". Así que dije: "Pero sí podría tener un hámster, ¿verdad, mamá? Ellos no se hacen pipí en las botas de nadie". Sólo rezongó, pero creo que pronto aceptará. Estoy seguro de que un hámster sí le gustaría. La haría reír.

Apuesto a que no has empezado tu libro.

Saludos, Max

27 DE FEBRERO

Querido Max:

¡Vaya que has estado ocupado! Me gusta la idea del pequeño Grisli que no puede atrapar los peces. ¿Quién más va a estar en tu cuento? Es muy difícil escribir un buen cuento con sólo un personaje.

Supongo que mis libros me han dado fama, aunque no me parece que la merezca. Una vez me pidieron un autógrafo en el supermercado. Fue bastante penoso. Estaba en la caja cuando una señora me enseñó una hoja de papel, dijo que su hijo pensaba que nadie escribía mejores cuentos que yo en el planeta y me pidió que le dedicara un mensaje especial para él. Había una cola muy larga detrás de mí y la gente ya había empezado a murmurar. Me dieron tantos nervios que casi escribo mal mi nombre.

He estado en el radio varias veces y una en la televisión, pero nada más. En realidad, mis libros son más famosos que yo.

Todavía no empiezo mi nuevo libro, pero algo se está cocinando; en serio, algo se está cocinando.

Con mis mejores deseos, D. J.

Querido D. J. Lucas:

¡No puedo creer que hayas estado en la tele! Me hubiera gustado verte. ¿Fue hace mucho?

En mi salón hay un niño nuevo que se llama Ben y ya leyó uno de tus libros. Es de Jamaica y compró *A que no te atreves* en el aeropuerto de

Ben en el avión

su país. Apuesto a que no sabías que tus libros se venden en un aeropuerto de Jamaica. Como sea, Ben dice que es el mejor libro que tiene y que me lo va a prestar si prometo devolvérselo.

En mi cuento voy a tener un cocodrilo de veras antipático y repugnante llamado Roznido. Va a estar siempre en el agua y azotará la cola para asustar a los peces. Grisli no puede detenerlo porque es demasiado pequeño y Roznido demasiado grande y malvado. Mamá dice que los osos y los cocodrilos no viven en el mismo lugar, pero en mi cuento sí. Y voy a tener un horrendo lobo viejo llamado Burlón, que merodea cerca de Roznido y aúlla de risa cada vez que a Grisli se le escapa un pez. Éste es el retrato de Burlón cuando se ríe.

Como la mamá de Grisli murió, hay muchas cosas que no pudo aprender de ella. Por eso es tan torpe atrapando peces. Mamá dice que si mi papá estuviera, yo habría aprendido muchas cosas de él. Aprendí de mi papá que los osos polares viven en el Ártico, no en la Antártida.

Saludos, Max

¿Tienes niños?

11 DE MARZO

Querido Max:

Roznido y Burlón son unos excelentes personajes y sus nombres también. Escoger el nombre correcto es una de las cosas más difíciles al escribir cuentos. Si los nombres no me satisfacen por completo, luego no puedo escribir la historia.

Roznido y Burlón tendrán que aparecer al comienzo del relato, ¿verdad?, porque en parte son la razón por la cual Grisli está triste.

¿Pero Grisli va a ser feliz al final del cuento? ¡Eso espero! Si es así, ¿qué va a ponerlo feliz?

En eso tienes que pensar ahora, y así estarás a la mitad del cuento. ¡En un santiamén!

Qué emoción me dio saber que tu amigo Ben compró *A que no te atreves* en el aeropuerto de Jamaica. ¡Seguro es un chico de muy buen gusto, para haber escogido mi libro entre todos los demás!

No tengo hijos, Max. Sólo somos yo, Resorte y Rosquilla. Pero tengo muchos amigos, y un amigo especial que se llama Cristóbal, a quien veo todas las veces que puedo. Es piloto. ¡Lo conocí en un avión!

Con mis mejores deseos, D. J.

P. D. Salí en la televisión el año pasado, en un programa bastante serio sobre libros. Nunca he estado en una entrevista ni nada glamoroso como eso.

P.P.D. Se supone que debo seguir escribiendo mi nuevo libro, pero mejor (¡o al mismo tiempo!) creo que voy a escribir un cuento sobre un niño con muchísima imaginación.

Querido D. J. Lucas:

Es increíble que tu amigo Cristóbal sea piloto.
¡GUAU! Supongo que está mucho tiempo fuera
como mi tío Daniel.
Mi tío Daniel es
chofer de una
camioneta y anda por
todo el país. Su nueva novia, Paulina,
lo extraña cuando no está, así como mi mamá
extraña a mi papá, sólo que mi papá no va a
regresar nunca. Me gustaría que
regresara. Cuando menos
mamá me tiene a mí; dice
que soy su pequeño
tesoro y yo digo: "Sin
la palabra 'pequeño',
madre, por favor".

34

Nuestro piso

Jime es mi amiga especial.
Vive en los mismos edificios de
departamentos en que yo vivo y va
a mi escuela.

¿Cómo se va a llamar el niño de tu
cuento? ¿Cómo va a ser? ¿Cuántos años va a
tener? ¿Va a ser bajito o muy alto? ¿Le vas a
poner Max como yo? Por favor, por favor, tres
veces por favor. ¿Verdad que es un buen nombre?

Nó sé si mi cuento de Grisli va a tener un final
feliz, porque no sé cómo hacer que sea feliz, a
menos que crezca y para eso pasarán años.

Ahora tengo que ir a una cita en
el hospital. Otra vez. Qué lata,
qué lata, qué lata. Voý con un
especialista, el doctor Larrea (¿a
que no adivinas cómo le digo?), que
usa anteojos en la punta de la nariz y se asoma
por encima de ellos como si estuviera mirando

un extraño insecto: ¡a mí! Hay una enfermera
que es mi amiga. Se llama Trudis. Me dijo que
era el diminutivo de Gertrudis, pero no le creo.
Ella me dice don Maximiliano.

Abrazos, Max

¿Qué quiere decir P.D.? ¿Y qué
significa D.J.?
Me suena como si fueras un *diskjockey*, uno de
esos que ponen y quitan los discos en las
fiestas, pero no creo que puedas ser escritor y
diskjockey al mismo tiempo.

21 DE MARZO

Querido don Maximiliano:

Ya que lo pides con tanta cortesía, y porque es un nombre fantástico, voy a llamar Max a mi chico y tendrá nueve años. ¿Será alto, bajito, o más o menos? ¿Tiene el cabello oscuro o claro? Tú escoge. Definitivamente estoy convencida de que tiene muchísima imaginación.

Espero que tu cita en el hospital no haya sido tan latosa y que estés bien. Yo detesto ir al doctor porque las agujas me dan pavor y no soporto ver sangre. Enséñame una aguja y ya está, ya me desmayé.

Estoy segura de que tú eres más valiente.

Con mis mejores deseos, D. J.

P.D. quiere decir "posdata", que viene del latín.
Es algo que escribes en una carta después de
haberla firmado. Es como un pensamiento
de último momento, o algo que se te olvidó
mencionar en la parte principal de tu carta.

P.P.D. = ¡pos posdata!

D.J. = Diana Juana, ¡pero no le digas a nadie!
Puedes llamarme "dejota", si gustas.

Querida D. J.:

¡GUAU! ¡Creí que eras hombre! Nunca pensé
que fueras una chica, sobre todo porque
andabas en moto. D.J. suena como hombre.
También Ben pensaba que eras hombre. Jime
pensaba que eras una chica, aun cuando no
había oído hablar de ti.

Gracias, gracias, gracias por llamar a tu chico
Max. Tiene que ser bajito como yo y de cabello
rubio. ¿Qué va a hacer Max en tu cuento?

No quiero hablar del hospital. Me tienen que
hacer más análisis el mes que entra, pero no
sirven de nada. Me hacen perder el tiempo,
pero nunca mejoro.

Jime quiere escribirte, pero le dije que no podía porque no tendrías tiempo para escribirle a los dos, y yo fui el primero que te escribió y yo soy el que quiere ser escritor. Jime se portó un poco rara conmigo unos días, pero ya somos amigos otra vez. Dice que de todos modos no le gusta escribir cartas porque el correo electrónico es mejor, pero yo no tengo y a mí me gusta hacer dibujos en mis cartas y no podría hacerlos en el *mail*, como le dicen.

¿Te llegan muchas cartas de los niños que leen tus libros? ¿Las contestas todas?

Ya inventé otros personajes para mi cuento. Está Picotuda, una garza que, como si fuera un insecto, se la pasa picoteando a Grisli.

Está Berrido, un enorme hipopótamo gordo que se esconde bajo el agua y de repente saca la cabeza, brama y hace brincar a Grisli. Está Temorógena, la bruja, y voy a inventar otros más.

Esta carta es muy larga en comparación con las tuyas. ¿Crees que soy mejor que tú para escribir cartas?

Saludos, Max

Querida D. J.:

Se me olvidó decirte. Temorógena es una bruja maléfica. No puede dejar de meter su nariz larga y puntiaguda en los cuentos de todo el mundo. Va a hacer que el agua del río se vuelva color de rosa, y eso va a hacer que la piel de Grisli se ponga toda, toda rosa y que Burlón se ría más de él. Todavía no decido qué hacer con Burlón, pero va a tener un final muy chistoso.

Si te da risa (¡ji, ji!), ¿por qué no pones también a Temorógena en tu cuento?

A mí no me importa, aunque mi tío Daniel dice que qué descarado soy al ofrecer mis personajes a un autor profesional. Se me ocurrió que Temorógena podría poner patas para arriba la imaginación del niño.

Saludos, Max

P.D. Detesto a Sancho Cabezón. La gente no tiene la culpa de ser bajita.

2 DE ABRIL

Querido Max:

¡Madre mía! Tú sí que has estado trabajando en serio con tus personajes. Me encanta la idea de Berrido, el hipopótamo bocón. ¿Ya pensaste en un personaje que saque a Grisli de apuros? Por el momento, me temo que el pobre oso está rodeado de puros maldosos.

¡Ancho Cabezón parece la mezcla de todos tus maldosos juntos!

Todavía no sé qué hará Max en mi cuento, pero sí, don Maximiliano, será bajito y rubio.

Los niños me escriben seguido sobre mis libros, y procuro contestar todas sus cartas. Pero tú

eres el único al que he escrito más de una vez.
Quizá porque me pareces un poquitín especial.
Y creo que es más emocionante recibir cartas
que mensajes de correo electrónico, porque
caen en tu buzón cuando menos te lo esperas.

Me temo que debo detenerme ahora. Voy a
firmar algunos de mis libros en una tienda que
está muy lejos de aquí. Me dará mucha
vergüenza que no llegue nadie. ¡Tal vez tenga
que esconderme en un armario!

Con cariño, D. J.

P. D. Creo que no voy a incluir a Temorógena
en mi cuento. ¡Se me hace que nos
metería en muchos apuros!

Querida D. J.:

¡ANCHO CABEZÓN! ¿Cómo no se me había ocurrido? Ja, ja, quisiera tener los pantalones para decírselo en su cara.

Espero que no hayas tenido que esconderte en un armario. Yo iría si vinieras a una librería de nuestra ciudad. ¿Vendrás algún día? Una vez me escondí en un armario de la escuela, cuando Ancho Cabezón y sus amigos se estaban portando horrible conmigo. Fue donde se guardan los rollos de papel y los jabones. Nunca había visto tantos rollos de papel. La ventaja de ser bajito es que es más fácil encontrar sitios donde esconderse. Sólo que el vigilante no estaba muy contento cuando me encontró porque me comí un bizcocho que él había guardado para su almuerzo.

Abrazos, Max

15 DE ABRIL

Querido Max:

Te dará gusto saber que no tuve que esconderme en un armario. Firmé libros para cincuenta niños y diez adultos, cosa que no está mal para tratarse de un pueblo pequeño. Una niñita se abrazó de mis piernas y dijo que yo era su mejor amiga en el mundo entero ¡porque las dos llevábamos zapatos rojos!

Un día, por qué no, tal vez visite una librería que te quede cerca. El problema es que vives muy lejos de aquí. Generalmente no viajo a más de cien kilómetros de casa porque tendría que dejar a Resorte y a Rosquilla solos por demasiado tiempo.

Saludos, D. J.

Querida D. J.:

Jime dice que no puedes ser tan famosa si sólo fueron a verte cincuenta niños y diez adultos. Le dije que era un pueblo pequeño y que quizá los de la librería no le dijeron a todo el mundo que ibas a estar ahí, pero contestó que eran puros pretextos. Ben trató de decirle que sí eres famosa, pero ella se rió y dijo que por qué alguien famoso querría escribirme a mí. Creo que ya no le gusto a Jime. Le gusta Ancho Cabezón.

¿y cómo estamos hoy?

Tengo que volver al hospital mañana. Ya me imagino al doctor Diarrea diciéndome:

"Ajá, ¿así que éste es Max?" como hace siempre (aunque sabe que se trata de mí).

Y entonces dirá: "¿Cómo estamos hoy, Max?", y luego empezará a esculcarme y a husmear. Me darán ganas de decir: "Estamos hasta el gorro. Completamente, completamente, completamente hasta el gorro. ¡Qué le parece!" Pero mamá me va a lanzar una de sus miradas, así que voy a decir: "Bien, gracias", aunque no esté bien (ni quiera darle las gracias).

Abrazos, Max

23 DE ABRIL

Querido Max:

Lamento que estés pasando por un mal momento. Estoy segura de que Jime anda un poquito celosa, nada más.

Max, te tengo algunas noticias. Estoy entrenando para tirarme de un paracaídas y así recabar dinero para obras de beneficiencia. ¡Voy a saltar de un avión realmente! Es culpa de Cristóbal. Él ha saltado varias veces y me convenció de hacerlo. ¡Ayyy! Estaba pensando que para que parezca que soy bien valiente, voy a bajar leyendo un libro, aunque se me pare de miedo hasta el último cabello.

¿Cómo va tu cuento? Ya decidí que, a veces, en mi cuento a Max le va a parecer un poco difícil la escuela. Algunas mañanas ni siquiera quiere ir. ¿Qué piensas?

Con Cariño, D. J.

Querida D. J.:

¡Saltar en paracaídas! ¡No puedo creerlo! Le platiqué a Jime porque quiero que siga siendo mi amiga, pero me dijo que te crees muy lista. Yo creo que eres muy buena onda, y también Ben. Nunca pensé que los escritores hicieran cosas como saltar en paracaídas. Mamá dice que no la harías saltar de un aeroplano ni por todo el oro del mundo. Como no me interesa el oro, yo no saltaría por todo el oro del mundo, pero sí probablemente por un millón de bolsas de pasitas cubiertas de chocolate. Mi tío Daniel dice que aportará cincuenta pesos a tu causa, y yo te daré diez pesos.
No tengo más.

Creo que en tu cuento Max debe estar triste a veces, cuando un grandote bravucón se burla de él porque es muy bajito para su edad y no puede comer lo que se le antoja, y por eso a veces no quiere ir a la escuela.

Abrazos, Max

P. D. ¿Vas a saltar del avión de Cristóbal?

Max
Calle Sacapuntas # 30
Cualquier Ciudad
CP. MX 9 3DT

Querido Max:

¡Lo hice, Max! Estaba como gelatina en una secadora, esperando en el avión para saltar. Pero cuando ya flotaba en el aire como un gigantesco diente de león fue espléndido, absolutamente espléndido.

Saludos. - P.J.

P.D. No era el avión de Cristóbal. Él vuela jets jumbo.

¡Desde ésos no se puede saltar!

Él también saltó con su paracaídas.

55

Querida D. J.:

Gracias por tu postal, D.J. Nunca nadie me había enviado una postal.

Éste es un dibujo mío, de mamá, tío Daniel, Paulina y Meneíto echándote porras desde el suelo, mientras bajas del cielo flotando como un enorme diente de león a punto de aterrizar en un árbol.

Con esta carta va un cheque del tío Daniel por 60 pesos, que incluye diez míos. Le platiqué a mi maestro Cerebro de Ojal que yo también era tu patrocinador. Lo único que dijo fue: "Qué bien. Ahora toma asiento, Max, y prepárate para el examen de ortografía". ¡Qué aburrido! La ortografía es pan comido.

Abrazos, Max

P. D. Tu Cristóbal debe de ser un superpiloto si vuela jets jumbo.

Esto es de tío
Daniel y mío.

Querida D. J.:

Jime ya no es mi amiga para nada. Dice que me la paso presumiéndole de ti. Dice que ya no soy el mismo desde que te escribo. Dice que me creo mejor que los demás porque conozco a alguien famoso, aunque no cree que seas famosa. Yo no me creo mejor que nadie y sólo hablé de ti por tu salto en paracaídas y porque tu Cristóbal vuela jets jumbo y porque estás usando mi nombre. Ahora ella hace que las cosas en la escuela sean peores para mí, y dice que Max es un nombre tonto.

No tengo la culpa de que nadie más conozca a alguien famoso.

Abrazos, Max

10 DE MAYO

Querido Max:

Muchas gracias, Max, por tus diez pesos, y por favor, dale las gracias a tu tío Daniel de mi parte. Junté 776 pesos para los niños de un hospital de la localidad.

Y gracias por tu idea de que Max no es feliz porque se burlan de él por ser bajito. Tendré que pensar en eso. En la escuela se burlaban de mí porque tenía los dientes salidos y una narizota. Y se burlaron todavía más cuando me pusieron frenos. Me decían Tribilín, Drácula, Dumbo, elefante africano, protuberancia y otros nombres amistosos por el estilo. Pero luego mi cara alcanzó a mi nariz y me puse tan bonita, mucho más que cualquiera, que tuvieron que dejar de hacerlo. (¡Es broma!)

Quizá mi cuento pueda empezar cuando se están burlando de Max y de inmediato él saque jugo de los que se burlan, pues usará su gran imaginación.

Lamento que Jime ya no sea tu amiga y que te haga las cosas más difíciles en la escuela. Me parece que Ben es un amigo mucho más simpático.

Ánimo, Max.

Saludos, D. J.

Querida D. J.:

Soy pésimo para escribir. Malo, malo, malo.
¡Grr, grr, GRR! Voy a matar a todos mis
personajes, también a Grisli, porque es un bebé
chillón y no sirve para nada y no merece que
escriba sobre él. Me tocó escribir un cuento en
la clase y saqué la nota más baja de todos.
Cerebro de Ojal dijo que
no había mostrado mucha
imaginación, y vi que
Ancho Cabezón se reía.

Boo-Boo

¿Qué tiene de bueno tu
Max? Apuesto a que no
hace nada bien. Apuesto a
que le dicen "Pantalones de duende" y "Sapo"
y "Pulga" y "Herrerillo". No creo que tu
historia vaya a funcionar. Los bravucones van

a ganar, como en mi salón, y no podrás hacer nada por evitarlo, eso es lo que pienso.

No volveré a escribir cuentos nunca más. Seguiré escribiéndote a ti, si quieres.

Abrazos, Max

P.D. El doctor Diarrea le escribió a mi mamá sobre el resultado de mis análisis. Van a tener que operarme. No quiero que me operen.

20 DE MAYO

Querido Max:

Hace unos años escribí un cuento que *diez* editores me devolvieron. Tengo un cajón lleno de relatos y de ideas que nadie quiere.

Cuando rechazan una de mis historias, me arranco los pelos, pataleo y grito palabrotas. Luego pienso: "bueno, tal vez la historia de veras no era muy buena". Luego pienso: "bueno, la siguiente va a ser tan buena que los editores van a pelearse por ella".

Estoy segura de que tu cuento no era tan malo. Tal vez no era tan bueno como siempre y el señor Cerebro de Ojal espera más de ti. Así que no dejes de escribir por una mala nota. ¡Tal vez al señor Cerebro de Ojal le pareció que había demasiados botones en tu cuento!

Tengo que pensar un poquito en mi Max y considerar para qué es bueno. Si lo molestan constantemente, me pregunto si le platicará a alguien. Estoy segura de que si a mi Max tienen que operarlo, será el chico más valiente del planeta Tierra. ¿Tú qué crees?

Con cariño, D. J.

Querida D. J.:

¡Mi cuento sí era malo! ¡Ja! Te sorprendió. Era de veras malo. Pero no fue mi culpa. Teníamos que escribir sobre lo que hicimos en las vacaciones de Semana Santa, y yo no quería porque mucha gente salió y nosotros no. Y no me permitieron comer huevos de chocolate. Así que lo que escribí fue aburrido y corto porque ni siquiera tuve que molestarme en contar lo que hicimos, que no fue gran cosa.

Al menos tú sí puedes escribir sobre cualquier cosa que te gusta. Detesto tener que escribir sobre lo que dice el maestro. Siempre nos da temas aburridos. La próxima vez que tenga que escribir sobre mí, voy a inventar todo. Voy a medir dos metros y a ser el que mejor juegue futbol. Mi papá será el experto más famoso en vida salvaje del mundo, vamos a tener una casa enorme con piscina y saldremos mucho de  vacaciones. Y yo me voy a convertir en un escritor famoso en todo el planeta. Y mi mamá siempre estará feliz porque mi papá estará vivo.

Tu Max será, en definitiva, el niño más valiente del mundo. Me gustaría serlo yo. Tu Max de veras, de veras no le va a platicar a nadie que lo molestan porque tendrá mucho miedo de que los bravucones lo sepan y le vaya mucho peor. Y no hay más qué decir.

Abrazos, Max

Querida D. J.:

¡Vi tu foto en el periódico! Mamá me la enseñó. De veras que eres famosa. No eres como yo te imaginaba. Pensé que tenías el pelo oscuro y que usabas anteojos. No puedo creer que la ganadora del Premio de Bellas Artes me escriba. ¿Cómo te sentiste en la entrega de los premios? ¿Estabas nerviosa antes de saber que habías ganado?

Si no hubieras ganado, yo habría iniciado una petición especial y hubiera hecho que todos firmaran. Habría ido al edificio de gobierno a protestar y habría obligado al primer ministro a cambiar el voto. Y, si no, hubiera ido al palacio real de Londres.

Me pregunto si alguien de la escuela vio tu foto. Yo se la enseñé a Ben.

Abrazos, Max

Querida D. J.:

Hoy tuve que ir a ver al doctor Diarrea para hablar de mi operación. Ni te imaginas. Tenía un enorme libro de osos en su escritorio, con una enorme fotografía de un oso gris. El señor Diarrea me dijo que vio un oso gris en el bosque cuando fue a Estados Unidos.
Le platiqué de mi cuento y dijo que sonaba lleno de peripecias, que le gustaría leerlo cuando lo terminara. ¡Le dije que tendría que hacer cola!

Hace mil años que te escribí y todavía no me contestas. Mamá dice que porque te doy mucha lata, pero yo pensé que éramos amigos.

¿Qué hace Max en tu historia?

Abrazos, Max

14 DE JUNIO

Querido Max:

Aquí estoy al fin. Siento no haber escrito antes.
He estado recorriendo escuelas, leyendo mis
libros y hablando con los niños sobre el oficio
de escribir. ¡A algunos les he hablado de ti! Les
platiqué que te estoy ayudando a escribir tu
cuento y que tú me estás ayudando a escribir
el mío. Se morían de ganas de escuchar el
cuento sobre el niño con muchísima
imaginación, pero les dije que tenían que
esperar a que terminara la historia.

Me parece como si la ceremonia del Premio de
Bellas Artes hubiera sido hace siglos. ¡Qué
casualidad que vieras mi fotografía en el
periódico! Fue una velada espantosa, como
para acabar con los nervios de cualquiera,

casi tan terrorífica como saltar de un avión. Llevaba un vestido de fiesta. Cuando leyeron mi nombre, casi me caigo en las escaleras para subir al estrado porque llevaba unos zapatos de tacones demasiado altos y parecía langosta. Ya no supe ni lo que dije, pero estoy segura de que fue muy cursi.

Todavía no estoy segura de lo que Max va a hacer en mi cuento. Tengo que pensar un poco más en cómo es, qué cosas lo hacen reír, qué cosas lo ponen triste, qué cosas le dan miedo (todo el mundo tiene miedo alguna vez, por muy valiente que sea), cuáles son sus cosas favoritas, dónde vive. En fin, toda clase de cosas. Realmente no puedo escribir acerca de él hasta que no lo conozca bien.

A veces toma tiempo que una idea crezca. Me tardé casi tres años en escribir una de mis historias ¡y sólo tenía 400 palabras!

Con mucho cariño, D. J.

Querida D. J.:

¿Quiere decir que soy un poquito famoso porque le hablaste de mí a todos esos niños en la escuela? Me gustaría que vinieras a la nuestra. Voy a pedirle a Cerebro de Ojal que te invite. ¿Les hablaste a todos esos niños de Grisli?

¿De veras te tardaste tres años en escribir un libro? ¿Cómo te puedes tardar tres años en escribir 400 palabras? Tres días son dos eternidades. ¿Por qué simplemente no lo dejaste? Yo lo dejaría después de tres horas. Hasta después de una.

Abrazos, Max

Querida D. J.:

Éste es un retrato de Ritzo. Es un mapache.
¿Sabes que los mapaches comen peces? Lo vi en
la tele. Ritzo oye que Grisli está llorando y va a
ver qué pasa. Van juntos al río y ahí está
Roznido asustando a los peces para que se
vayan. Ritzo se apodera de una gran vara y le
pega a Roznido en la cabeza,

       ¡PAF!
          ¡PAF!
             ¡PAF!
                ¡PAF!,

hasta que Roznido medio desmayado se hunde en el fondo del río. Grisli ruge de risa porque Roznido ya no podrá molestarlo más. Y ya está.

Abrazos, Max

30 DE JUNIO

Puf, Max:

¡Qué pasa contigo! ¿Por qué estás tan enojado con Roznido? ¿Se merecía que lo golpearan tanto? Es tu cuento, ya lo sé, pero cualquiera que lo lea sentirá que es un poco violento. Lo siento, Max, sólo trato de ayudar. ¿Crees que tal vez Ritzo pueda darle una lección a Roznido sin golpearlo?

Cuando dije que me tardé tres años en escribir una historia no quise decir que me quedé sentada frente al escritorio todos los días tratando de escribir. Pensaba en ella y luego la dejaba de lado durante varios meses; después la releía, y la volvía a dejar. Al fin se acomodaron las piezas y la terminé. Es la mejor historia que he escrito, aunque no haya vendido un millón de ejemplares.

76

No le hablé a los niños de Grisli, porque es tu
personaje y no estaría bien que yo hable
de tus personajes.

Con cariño, D. J.

Querida D. J.:

Si no puedo ser ruin con Roznido entonces
tendré que sacarlo de mi historia porque lo
odio y no merece estar en ella. Así es como lo
corro a puntapiés.

Y también voy a correr a puntapiés a Burlón
porque siempre se ríe de mí porque soy bajito.

La gente no tiene la culpa de ser bajita y los otros no deberían burlarse de ellos. Éste soy yo, cuando corro a Burlón a puntapiés. ¡Al fin libres de la mala yerba!

Me van a operar en tres días, así que ya no voy a poder escribir más sobre mi cuento en miles de años. De todos modos ahora ni quiero hacerlo.

Saludos, Max

Querido Max:

Me tardé mucho en encontrar la tarjeta apropiada. La mayoría de las que vi eran empalagosas, del montón, horrendas o aburridas. Espero que te guste ésta. Buena suerte con la operación, Max. Espero que Gertrudis te cuide bien y que el doctor Diarrea deje de andar buscándote pulgas y te cuente más historias de osos grises. Espero con ansias tu siguiente carta, cuando te sientas con ganas de escribir otra vez. Ojalá que disfrutes 'Mi maestra está chiflada', que te mando junto con ésta.

Con mucho cariño, D. J.

Querida D. J.:

¡Gracias por el libro y la tarjeta!

No podía dejar de escribirte antes de la operación. Ni te imaginas qué pasó. Ya sabes quién es el doctor Diarrea; bueno, pues vio el libro que me mandaste y dijo: "Vaya, Max, qué suerte que tengas este libro para leer. Es el favorito de mi hijo. De hecho, él ha leído todos los libros de D.J. Lucas". Entonces, le comenté que eras mi amiga y le dije: "Apuesto a que piensa que es un hombre", y dijo que estaba seguro de que D.J. Lucas era un hombre porque su hijo se lo había dicho. Entonces, le dije que eras una

chica y se quedó asombrado. Luego le enseñé
tu tarjeta, y en cuanto la leyó, me acordé que
en ella lo llamas doctor
Diarrea y no doctor
Larrea. Luego el doctor
Diarrea me miró por
encima de sus anteojos y
dijo: "Recuérdame que le pida a Gertrudis que
en la comida de mañana te dé una porción
extra de pulgas". Es bastante chistoso en
realidad, aunque a veces me asusta.

Mi operación es a las tres. Apenas son las diez,
así que ahora voy a ponerme a leer.

Abrazos, Max

Querida D. J.:

No quiero volver a estar en el hospital nunca,
nunca más. Lo odio, lo odio, lo odio. Horrenda
comida, horrenda cama, horrendas agujas,
horrendo todo. Te apuesto que la operación no
sirve. Traté de impedirles que me durmieran,
empujando a la enfermera. Quería que
estuviera Trudi, pero tenía el día libre.
Entonces vi que mamá estaba apenada, así que
dejé de pelear y cedí, pero le saqué la lengua a
la enfermera antes de que me clavara la aguja.
Ella se lo ganó.

A veces me siento como uno de esos conejillos
de indias con los que hacen experimentos.
Y estoy harto de no poder comer lo que quiera y
cuando quiera.

Creo que voy a escribir una historia acerca
de un conejillo de indias llamado Pantalones de
Duende que bebe una poción mágica y se hace
gigante y se apodera del
mundo y logra que todos
se sientan mejor.
Todos los hospitales
estarán hechos de
caramelos, todos los
doctores serán payasos y
toda la gente mala y los
bravucones se convertirán en sapos.

Lo único bueno del hospital fue que Ben vino a verme con su mamá y me trajeron una enorme caja de galletas finas. (Aunque apuesto que no me permiten comerlas.) Y el tío Daniel y Paulina me enviaron una postal donde desean que me alivie, con una huella de la pata de Meneíto.

Al menos estaré fuera de la escuela por el resto del semestre: no más Ancho Cabezón. Y adivina qué... abuelo y abue me van a cuidar durante una semana para que mamá pueda ir a trabajar. Hoy llegan.

¿Cómo van tu historia de Max y tu nuevo libro? Ya no he escrito nada más de mi cuento.

Abrazos, Max

14 DE JULIO

Querido Max:

El problema con tu idea de que los hospitales estén hechos de caramelos es que todos vamos a acabar pasando mucho tiempo en el dentista. Y si los doctores fueran payasos harían reír a la gente y se les saltarían las puntadas. Lo que sí apoyo es tu idea de que toda la gente mala y los bravucones se conviertan en sapos.

Lamento que la hayas pasado tan mal en el hospital. Espero que ya te sientas un poco mejor. Yo estuve una vez en el hospital. Lo peor de todo fue que no pude pegar el ojo, pues había mucha gente que roncaba en las camas de alrededor. Ronquidos de matracas, ronquidos de borborigmos, ronquidos de pitidos, ronquidos de graznidos, ronquidos de resuellos. ¡Hubiera podido empezar una orquesta con todos ellos para grabar "El coro de los ronquidos"!

No te preocupes si no sigues escribiendo tu cuento, Max. Cuando no estoy de humor, hasta lavar una pila de calcetines malolientes me parece más entretenido que escribir.

Con cariño, D. J.

Querida D. J.:

¡Se te olvidaron los ronquidos de crujidos! ¡Necesitas uno de ésos para tu orquesta! Había uno junto a mí. ¡Parecía una fogata de ramas!

Pero ya estoy en casa y a que no adivinas qué hizo mi abue. Le gusta cocinar, pero no le queda tan bien. Hizo una salsa, pero le puso mucha harina y se hizo muy espesa y pegajosa. El abuelo dijo que podríamos haberla usado como cemento para arreglar las ventanas. No creo que abue se haya enojado, pero la abracé por si las dudas.

El abuelo me llevó de pesca hoy. Justo junto al lugar donde una vez fui a caminar con mamá. Me la pasé imaginando que Grisli saldría y de un brinco atraparía un pez frente a mí. Una garza voló sobre nosotros.

Le hablé al abuelo de Picotuda, la garza de mi cuento, y de cómo se la pasaba arrebatándole los peces a Grisli. Abuelo dice que está impaciente por leer mi historia.

No pescamos nada, ni siquiera un pez espinoso. Me divertí cuando pusimos el cebo en el anzuelo y el abuelo trató de enseñarme cómo aventar el sedal al agua, pero todo el tiempo se me atoraba en los arbustos (creo que habría necesitado ser más alto). Fue un poco aburrido estar ahí esperando todo el día, a pesar de que el abuelo cuenta muchas historias divertidas. Me contó que cuando mi papá era chiquito iban a pescar juntos, y que una vez mi papá atrapó una gran trucha él solito. Pero no le gustó ver que el pez coleaba en la orilla, así que lo devolvió al agua. Eso es porque a mi papá le encantaban los animales, incluso los peces.

Abrazos, Max

P. D. Abue y abuelo se van hoy.
Buu, ¡menos por la comida!
¡Ben también te envía saludos!

Querida D. J.:

¡Adivina qué, D.J....! ¡El tío Daniel y Paulina me van a llevar de vacaciones! El doctor Diarrea dice que está bien que vaya con ellos a España el 12 de agosto por toda una semana. Puedo enviarte una postal y también puedo llevar a un amigo, así que voy a llevar a Ben porque ahora es mi mejor amigo. Mamá va a pasar las vacaciones de caminata con una amiga y Meneíto mientras no estoy.

¿Cómo va tu cuento? Creo que tu Max debe convertirse en Supermán, vencer a esos bravucones ¡ZAZ! ¡ZAZ! ¡ZAZ!

y convertirlos en horripilantes sapos color café. O podría convertirse en un gigante como el de "Juanito y el frijol mágico" y, al grito de "fi fai fo fum", hacerlos picadillo para devorarlos. ¿Quieres que yo te lo escriba? Tengo montones de ideas. Tal vez tú también necesitas unas vacaciones de tu historia.

Abrazos, Max

P.D. ¿Vas a salir de vacaciones?

P.P.D. Ya casi acabo *Mi maestra está chiflada*, D.J. Me gusta cuando la cabeza de la maestra se pone patas para arriba y se le olvida cómo hacer sumas. Es de veras, de veras chistoso, en especial el pedacito donde el abejorro se queda atrapado en los cabellos pegajosos de la maestra y ella mete accidentalmente el pie dentro del basurero.

¿Cómo se te ocurren esas cosas? Desearía que Cerebro de Ojal metiera el pie en el basurero.

30 DE JULIO

Querido Max:

Creo que te gustará saber que una maestra de mi escuela efectivamente metió el pie en el basurero. Y a otra también se le quedó atrapado un abejorro en el pelo. Mi amiga Silvia Marín se lo sacó con un lápiz. Cuando escribes libros, a veces usas tu imaginación para inventar cosas, pero también recuerdas hechos que realmente pasaron y los arreglas para que entren en tu historia.

En tus dos últimas cartas pareces estar muy contento. ¡Qué suerte tienes de ir a España! Este verano no voy a salir porque tengo que trabajar la trama de mi nuevo libro. El editor anda sobre mí, tras mi cuello como dragón hambriento, y no me gusta la idea de convertirme en su próximo platillo. Me temo que estoy dedicando mucho tiempo a mi cuento de Max y poco en escribir lo que ya tengo prometido. El problema es que me estoy divirtiendo mucho al pensar en Max porque se está convirtiendo en alguien muy especial. Como sea, tendré que ponerlo en un cajón durante las próximas semanas. Así que, por el momento, no habrá apariciones de Supermán ni de gigantes.

Que tengas unas vacaciones maravillosas, Max. Espero mi postal.

Con cariño, D. J.

ESPAÑA

Querido D. J.:

Hoy fuimos a un increíble parque acuático, con unos enormes toboganes y una gigantesca piscina. Yo y Ben bajamos diez veces por el tobogán rizado y ondulado. Fue fantástico. El tío me enseñó a lanzar el frisbee y dimos un paseo en un bote banana. Mi tío se cayó ¡SPLASH!
He escrito cuatro postales pero nada más de mi cuento. ¿Cómo va tu libro para el editor?

Saludos Maxos
Y también de Ben

D. J. Lucas
Cda. El Bolígrafo # 30
Cuentolandia
DJ1

Querida D. J.:

Adivina qué: ¡ya regresé! Me la pasé de lo mejor, D. J. Mamá dice que ella también se la pasó muy bien. Desde que regresó está más risueña. Dice que de tanto asolearme quedé oscuro como un capulín. Ahora Ben es mi mejor amigo. Él dice que no debería afectarme cuando la gente me dice cosas. Dice que son ellos los que tienen problemas, no yo. ¿Sabes algo? Su hermano mayor se murió cuando tenía seis años, igual que mi papá murió cuando yo tenía seis años. Ben tiene tres hermanitas y dos de ellas son gemelas.

Creo que podrías tener a un Ben en tu historia. Hasta ahora sólo tienes a Max. Dijiste que es difícil escribir una buena historia con un solo personaje. Creo que a Ben le gustaría aparecer en tu historia, aunque sea en un pedacito. Por favor, por favor, tres veces por favor. ¿Tienes personajes malos?

¿Ya escribiste la trama para tu nuevo libro? ¿De qué se va a tratar? ¿Quieres que te ayude? Escribe pronto.

Abrazos, Max

P.D. Ben dijo que te contara que eres su autora favorita.

P.P.D. Acabo de tener una idea súper-dúper. Creo que el Max de tu historia debe estar emocionado porque se acerca su cumpleaños.

26 DE AGOSTO

Buenos días, Max:

Bienvenido a casa y gracias por tu postal. Parece que te la pasaste de maravilla en España. Yo una vez fui a un parque acuático en Portugal, donde había un tobogán que empezaba a 150 metros de altura y bajaba casi verticalmente. Aullé todo el trayecto de bajada hasta caer en el agua. Fue peor que lanzarse en paracaídas.

He estado trabajando mucho en mi nuevo libro. El problema es que como el clima es tan agradable, me la paso con ganas de salir a caminar con Resorte. Me tengo que amarrar a la silla y continuar. Creo que si estuviera en la escuela la maestra pondría en mi reporte "debe esforzarse más".

Saluda a Ben de mi parte. Parece ser un buen amigo, me gusta porque me escogió como su autora favorita. Tiene razón sobre las cosas que te dice la gente. ¡Apestosos! Definitivamente voy a tratar de tener un Ben en mi historia de Max, ya que me lo pides con tanta cortesía. Estoy pensando en incluir a un personaje muy malo que asusta tanto a la gente que todo el mundo finge ser su amigo. Y qué buena idea que mi Max cumpla años. ¿Qué crees que le gustaría recibir de regalo? Podría escribir mucho sobre eso.

¿Cuándo es tu cumpleaños, Max? El mío es en cuatro semanas, el 19 de septiembre.

Con cariño, D. J.

Querida D. J.:

Adivina, adivina, D.J., mi cumpleaños es el 18
de septiembre. ¡Debo ser más grande que tú!
Cuando le platiqué a mamá dijo "¡Vaya cosa!"
porque el cumpleaños de mi papá era el 20 de
septiembre. Cumpliría cuarenta y seis años.
¿Tienes más o menos de cuarenta y seis? Mamá
dice que no puede creer que ya vaya a cumplir
diez años.

Creo que al Max de tu historia nada le daría
más gusto en el mundo que ir a un partido de
futbol. Él le va al Liverpool y nunca ha ido a
verlos, pero probablemente su mamá no tiene
dinero, aunque también le gusta el futbol. ¿Tú
qué piensas?

Tengo que volver a la escuela la semana próxima. Sólo quedan siete días de vacaciones. No quiero volver. Quiero estar de vacaciones todo el tiempo.

Ahora tengo que ir a que me revise el doctor Diarrea. ¡Qué lata!

Abrazos, Max

P.D. Quiero continuar con mi historia de nuevo. Creo que mandaré a Grisli de vacaciones para escapar de los maldosos. Pienso que podría ir a la Antártida, donde se hace amigo de los pingüinos y ellos le enseñan a pescar bajo el agua. Éste es un retrato de Grisli cuando nada con los pingüinos. Se ve realmente flacucho y pequeño cuando su piel está toda mojada.

Querida D. J.:

No vas a creerlo, pero fui a ver al doctor
Diarrea para que me revisara y adivina qué: ¡la
operación fue un éxito! El doctor Diarrea no
llevaba puestos los anteojos, fue muy amable
y me dio palmaditas en la espalda. Me dijo que
era un niño muy valiente y que desearía que
todo el mundo fuera tan valiente como yo.
Mamá se puso a llorar, así que la abracé y fue
peor. El doctor Diarrea dijo: "Fue un placer
conocerte, Max, y me gustaría darte esto". ¿Y
sabes qué me dio? ¡Me dio su libro de osos! Está
sssssúper-dúperrrrr, D.J., deberías verlo. De
todos modos, dice que en unas semanas (el día
de mi cumpleaños) podré comer lo que quiera.
¡YUPI! ¡El doctor Diarrea es súper-dúper!

Abrazos, Max

2 DE SEPTIEMBRE

Querido Max:

Qué gran noticia lo de la operación, Max, y bravo por portarte como una estrella. Sabía que lo harías, tal como el Max de mi historia. Supongo que vas a empezar a comer como hipopótamo cuando puedas comer lo que te gusta.

¡Qué coincidencia que nuestros cumpleaños estén tan cerca! Soy un poquitito más grande de lo que sería tu papá, pero todavía no llego a los cincuenta. Tienes razón: a Max le gustaría ir a un partido de futbol para su cumpleaños. Tendré que ver si puedo hacer que en mi historia ocurra de alguna manera.

Me alegro que hayas regresado a tu cuento, Max. En algún momento quizá tengas que revisar tu trama y asegurarte de que todo concuerde. Te está hablando el escritor profesional que llevo dentro. Sin embargo, el niño que hay en mí dice que te diviertas y escribas lo que te plazca.

Con mucho cariño, D. J.

Querida D. J.:

Aun cuando apenas fue el primer día de vuelta a la escuela tengo tarea que hacer. ¡Tan pronto!

Cerebro de Ojal ya no es mi maestro. Estoy en un grupo diferente porque ya soy más grande. ¿Te conté que soy el tercero más grande de mi salón aunque soy el más bajito? Mi nueva maestra se llama Miss Delgadillo y adivina qué, ha leído dos de tus libros: *¿Quién tiene miedo del malvado grandulón?* y *Mi maestra está chiflada.* Le platiqué que eras mi amiga. Me dijo que esperaba que no pensara que ella está chiflada. El tío Daniel dijo que Delgadillo no es un buen apellido para una maestra. Ancho Cabezón ya empezó a llamarla Palillo y muchos otros lo están imitando, pero yo no voy a hacerlo. Creo que le agrado.

Abrazos, Max

P.D. Tenía la esperanza de que Ancho Cabezón no estuviera en mi clase este año, pero sí está. Un día le voy a decir Ancho Cabezón en su cara, a ver qué le parece.

Querida D. J.:

Creo que Grisli quiere quedarse en la Antártida para siempre con sus amigos pingüinos, pero tiene que regresar a su río porque en la Antártida hace demasiado frío y va a traer a Splash, uno de sus amigos pingüinos, con él. Cuando vuelve, los maldosos son más malvados que nunca porque estuvo fuera mucho tiempo. Empiezan a ser horribles con Splash también, sólo porque es amigo de Grisli.

Creo que voy a convertir a Splash en un superhéroe que nada bajo el agua, jala a Roznido hacia el fondo y le tira los dientes a Burlón con un palo para que no pueda volver a comer nunca, ni a burlarse de él.

Quisiera no tener que ir a la escuela.

Abrazos, Max

9 DE SEPTIEMBRE

Querido Max:

¡Válgame! Pensé que ya habías sacado a los maldosos de tu cuento, pero ya regresaron. Pobrecito Grisli. Quizá él y Splash puedan enfrentarse a ellos. ¿Crees que si demuestran que no les importa lo que hagan los maldosos, entonces se aburran y los dejen en paz?

Me pregunto cómo es Miss Delgadillo. ¿Es alguien con quien puedes hablar si no la pasas bien en la escuela? Creo que si le gusta *Mi maestra está chiflada* quizá sea una persona maravillosa y comprensiva. Y para eso está. Detesto saber que no estás contento.

Pon tus dientes a rechinar, Max. Utiliza la inmensa imaginación que tienes para que las cosas mejoren.

Con cariño, D. J.

Querida D. J.:

No vas a creer lo que pasó hoy en la escuela.
Ancho Cabezón y sus amigos la tomaron
contra Ben. Se portaron horrible con él. Seguro
Ben estaba muy enojado, pero fue muy valiente
porque se quedó ahí parado mirándolos. Espero
que no la estén tomando contra él porque es mi
amigo.

Falta menos de una semana para mi
cumpleaños, y una para el tuyo. No me van a
hacer fiesta. Mamá y el tío Daniel nos van a
llevar a Ben y a mí a comer pizza. ¿Te dije que
ya puedo comer lo que quiera? La pasta y las
pizzas son mis favoritas, sobre todo la pasta con
salsa cremosa de queso y jamón. ¿Cuál es tu
comida favorita?

¿Qué vas a hacer el día de tu cumpleaños?
¿Vas a tener pastel? Mi mamá hace pasteles
increíbles, así que espero que me haga uno.

Abrazos, Max

FELIZ CUMPLEAÑOS

Muy feliz cumpleaños, Max

Saludos de D. J.

P. D. Espero que te guste
la tarjeta del "oso pardo".
Por favor, no abras el sobre
adjunto. Dáselo a tu madre.

¡ES IMPORTANTE!

Querida D. J.:

¡Fue el mejor cumpleaños de mi vida! ¡Boletos para el encuentro Manchester United vs. Liverpool! ¿Cómo sabías que le voy al Manchester United? (¡Yo te dije que el Max de tu historia le va al Liverpool! Pero no te dije a quién le voy yo.) No hay nadie como tú, D.J. Gracias, gracias, gracias.

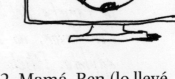

¡Qué partido! ¿Lo viste en la tele? Ganamos 5-2. Mamá, Ben (lo llevé conmigo, claro) y yo casi nos volvemos locos. Nunca había visto a mamá tan emocionada. Gritamos hasta quedarnos roncos. Fue el mejor regalo de

cumpleaños de mi vida. Mamá también te
envió una carta para darte las gracias. Y Ben te
va a escribir. En la escuela todos estaban
taaaaan celosos. ¡Eso le cerró la boca a Ancho
Cabezón! Y adivina qué, D.J., anunciaron en
los altoparlantes que era mi cumpleaños y todo
el mundo cantó Feliz cumpleaños. Había una
enorme pantalla y nos vimos en ella
saludando. El tío Daniel también nos vio en la
tele. Creo que mamá les dijo de mi cumpleaños,
pero ella dice que no.

Éstos somos yo y Ben, cuando festejábamos el
gol ganador.

Gracias, gracias, gracias, gracias otra vez, D.J.

Abrazos, Max

¡10 años!

P.D. ¿Nos viste en la tele?

P.P.D. Ahora estoy decidido a terminar mi historia, porque ya me pasé años en ella. ¿Qué pasa con tu nuevo libro y tu historia de Max? ¿Max fue a un partido de futbol el día de su cumpleaños? No creo que haya avanzado mucho porque no parece que tengas muchas ideas si no es por las que yo te doy. Acabo de preguntarle a mamá si está mal decirte eso y dice que sí pero, ya lo escribí y espero que no te enojes.

P.P.P.D. (¡pos pos posdata!) Hoy en la tarde voy a una práctica de futbol en la escuela y me voy a poner los nuevos tenis que me dio mi tío de regalo de cumpleaños. Son azules, con agujetas rojas para que vaya más rápido, dice.

Muy poing feliz
poing cumpleaños,
Diana Juana.
Abrazos de Max

Espero que te guste mi
tarjeta. La hice yo.

24 DE SEPTIEMBRE

Querido Max:

Sí te vi en la televisión, y a tu mamá y a Ben.
Ahora ya sé cómo eres, Max. ¡Qué tipo tan
apuesto! Me encantó verte después de escribirte
durante tanto tiempo imaginando cómo eras.
Qué emoción que el partido fuera tan bueno.
No sabía que le ibas al Manchester United.

Muchas gracias por la tarjeta, Max. Ocupa el
lugar central en el dintel de mi chimenea. Pasé
mi cumpleaños con Cristóbal, que me llevó a
un delicioso restaurante de comida indonesia
—mi preferida— y bebimos champaña rosada.
Me compró un collar y unos aretes preciosos.
Mi editor me envió un enorme ramo de flores,
que puse en mi escritorio, y mi hermano me va
a llevar al teatro el fin de semana.

He estado trabajando en mi nuevo libro mientras Max me da vueltas en la cabeza. Siento que la historia de Max se va a escribir casi sola en el fondo de mi cerebro. Y cuando me siente a ponerla en el papel surgirá sin la menor dificultad. Me alegro de que estés trabajando mucho para terminar tu cuento. Espero que me envíes una copia: estoy impaciente por leerlo.

Con cariño, D. J.

P. D. ¿Qué tal la práctica de futbol?

Querida D. J.:

¿Viste el programa sobre dinosaurios el fin de semana? ¡GUAU! Éste es un retrato de un tiranosaurio rex que ataca a un estegosaurio.

Abrazos, Max

P.D. Hemos tenido tres prácticas de futbol y de veras creo que mis tenis me hacen ir más rápido.

Querida D. J.:

Apuesto a que nunca adivinarías. ¡Me escogieron para el equipo de futbol de la escuela! ¿Puedes creerlo? Bueno, soy reserva, pero el profesor dice que voy a jugar una parte del tiempo. Ben también está en el equipo. Él sí que es un buen deportista. Lo hubieras visto correr. Creo que es nuestro mejor jugador.

Vino mi tío con Meneíto para practicar tiros de pelota conmigo. Mi tío jadea un poco porque tiene una gran panza (mamá dice que no debo decir esto, así que no le digas, por favor, por favor, por favor), pero es súper-dúper para robar la pelota con los pies. Dice que es Pies de Centella.

Tuvimos que encerrar a Meneíto porque se la pasaba echándose a correr tras la bola.

He estado sacando muy buenas notas por mis escritos. Miss Delgadillo dice que las historias que escribo en la clase son muy entretenidas. Espera a que lea el cuento de Grisli.

Abrazos, Max

P.D. Ancho Cabezón dice que de ninguna manera puedo estar en el equipo porque soy demasiado bajo y no sirvo para nada, y que seguro perderemos si estoy ahí, pero Ben me dijo que no le hiciera caso, igual que él.

Querida D. J.:

 Ya ves que te dije que estaba
jugando futbol en la escuela.
El partido fue hoy, ganamos 2-0
y adivina qué: pude jugar
durante casi todo el segundo
tiempo. Hubieras visto las caras que hacía
Ancho Cabezón. Nadie se hubiera imaginado
que jugaría tanto tiempo tratándose de mi
primer partido. ¿Crees que sea bueno para dos
cosas? ¿Escribir y jugar futbol? Mamá dice que
sí. Dice que por qué conformarme con dos
cosas si podría hacer otras. Lo chistoso es que
estoy impaciente por continuar mi cuento
ahora, así que voy a cenar, hago mi tarea
y empiezo de una vez.

Abrazos, Max

2 DE NOVIEMBRE

Querido Max:

¡Bien hecho, Max!

No sabes lo afortunado que eres al ser bueno para los juegos de pelota. Yo soy malísima. Siempre era la última a la que escogían cuando los niños formaban equipos, y en el hockey me dejaban siempre en la banca —creo que para deshacerse de mí. Pero sé nadar y esquiar. Sencillamente no soy buena para golpear, cachar o intercambiar una pelota.

Tu mamá tiene razón. ¿Por qué ser bueno sólo para dos cosas? ¡Apunta alto, Max!

Con cariño, D.J.

Querida D. J.:

Simplemente no lo vas a creer, D.J. Simplemente
no lo vas a creer. El tal Ancho Cabezón fue
demasiado lejos esta vez. Se paró frente a todo
el grupo cuando la maestra no estaba y dijo las
cosas más horribles de Ben que te puedas
imaginar. Luego tomó la lonchera de Ben y la
pisoteó. Todos se quedaron callados y yo estaba
desesperado por que alguien dijera algo pero
nadie lo hizo. Así que tuve que hacer algo
porque vi la cara de Ben y creí que se iba a
poner a llorar aunque estuviera tratando de
aguantarse. Me paré en una silla y dije: "Ahora
escúchame tú. No te atrevas a hablarle así a
Ben. Es tan bueno como tú, en realidad es mil
veces mejor que tú". Luego recordé lo que la
niña de *¿Quién tiene miedo del malvado
grandulón?* le dijo al bravucón, y se lo dije a

Sancho: "¿Por qué escogiste el día de hoy, Ancho Cabezón, para hacer el ridículo frente a todo el mundo?"

¿Y sabes qué pasó, D.J.? Todo el mundo empezó a reírse de Ancho Cabezón y a vitorearme. Hasta Jime me tomó la mano y me pidió que volviera a ser su mejor amigo y me dijo que detestaba a Ancho Cabezón.

Miss Delgadillo llegó en ese momento. Nos regañó por hacer tanto ruido, me regañó por estar parado en una silla y tuvimos que continuar con las clases.

Bueno, en el recreo pensé que Ancho Cabezón vendría a buscar pleito, pero no, porque todos los demás se me acercaron para decirme que había hecho bien. Creo que todos le temían un poco, aunque no lo dijeran y fingieran ser sus amigos. Ya nadie lo quiere. ¡Asombroso!, ¿verdad, D.J.?

Éste es mi retrato en mi silla, cuando
enfrentaba a Ancho Cabezón.

Abrazos, Max

19 DE NOVIEMBRE

Querido Max:

Me hubiera gustado estar ahí para verte parado en tu silla. ¡Guau! Bien por ti, Max. No podíamos dejar que el bravucón ganara, ¿verdad? Creo que a partir de ahora los va a dejar en paz a ti y a Ben.

Debo irme volando. Quiero alcanzar el correo.

Con cariño, D.J.

Querida D. J.:

Ya terminé, ya terminé. ¡Ya terminé mi cuento! Apuesto a que estás impaciente por leerlo. Se llama *Grisli vence a los dinosaurios*. Grisli resulta un gran héroe cuando él y su mejor amigo Splash son atacados por un tiranosaurio rex. Mamá dice que tiene de todo: lo único que falta es el fregadero de la cocina. ¡Deberías ver mi retrato de Grisli cuando lucha contra el tiranosaurio rex! Miss Delgadillo quiere ponerlo en la pared del salón, pero le dije que no hasta que mamá saque una copia para enviártela a ti y otra al doctor Diarrea.

Gracias por ayudarme, D.J. Apuesto a que todavía no acabas tu historia de Max. Dime si necesitas más ayuda. ¿Qué edad tendrás si te tardas tres años?

Abrazos, Max

2 DE DICIEMBRE

Querido Max:

¡Bravo, Max! ¡Lo lograste! Tienes razón. ¡Estoy impaciente por leer tu cuento! ¡Me intrigan especialmente los dinosaurios que aparecieron de repente en el último minuto!

Sin embargo, hay una cosa en la que te equivocas. Yo también terminé mi historia. La he llamado *Querido Max*. Se la acabo de enviar a mi editor y le gustó mucho. La dediqué a "mi amigo Max". En cuanto esté publicada te enviaré tu propio ejemplar.

Max, pronto me iré con Cristóbal a Australia y a Nueva Zelanda a pasar la Navidad. Ahí es donde se desarrolla mi nuevo libro —el que es para mi editor— y necesito hacer algunas investigaciones. Estaremos fuera cerca de cinco semanas, así que no podré escribirte por un tiempo, pero prometo enviarte una o dos postales. Cuando regrese, quién sabe, ¡quizá te encuentres en la mitad de un segundo cuento sobre Grisli que será otro éxito de taquilla!

Saludos, D. J.

Querida D. J.:

¡No puedo creer que me dedicaras tu historia de Max! ¡Gracias, gracias, gracias, muchísimas gracias!

Me pregunto si Grisli podría ir a Australia a pasar la Navidad. Podría ponerse a pelear con un canguro. ¿Sabías que los canguros pelean como los boxeadores? ¡PAFF! ¡PAFF! ¡PAFF! ¡Qué raro que no se encuentren canguros en ningún otro sitio!
Supongo que es demasiado lejos como para brincar sobre el agua.

Voy a extrañar escribirte pero estoy

impaciente por recibir una postal. Nunca me ha llegado una postal desde tan lejos. Te voy a sorprender con un nuevo cuento de Grisli para cuando regreses.

Abue, abuelo, mamá y yo pasaremos la Navidad en la casa de Pies de Centella. Paulina hará la comida. Ya me urge. Supongo que Meneíto rasgará todos los regalos, pero me gusta ir porque mi tío tiene una televisión enorme con muchos canales y puedo ver los programas de vida salvaje. Será mucho mejor que el año pasado, aunque extrañaré a mi papá.

Saludos a Resorte
y a Rosquilla con su agujero en medio.

Abrazos, Max

P. D. ¿También tu historia tiene un final feliz? Espero que sí.

15 DE DICIEMBRE

Querido Max:

Suena como que vas a pasar una Navidad maravillosa. Un saludo y feliz Navidad para tu madre, toda tu familia y tus amigos de mi parte. Buena suerte con tu cuento si es que lo escribes mientras estoy fuera. Te adjunto una cosita...

¡NO ABRIR HASTA NAVIDAD!

Gracias por toda tu ayuda, Max, y sigue escribiendo. Con esa gran imaginación tuya, ¡quién sabe a dónde puedas llegar!

Con mucho cariño, D. J.

P. D. Sí, mi historia sí tiene un final feliz. Un final muy feliz.

Querida D. J.:

Antes que te vayas a Australia, te adjunto una cosita también...

¡NO ABRIR HASTA NAVIDAD!

Y adivina qué,
           adivina qué,
                    ¡adivina qué!

¡He crecido seis centímetros completitos! ¿Puedes creerlo? Seis centímetros completos desde la última vez que me medí hace tres meses. Y adivina qué también. Ya no soy el más bajito de la clase. Soy el segundo más bajito. Hay una niña más bajita que yo. ¡Estoy creciendo! ¡Estoy creciendo!

Abrazos, Max

P. D. Gracias por el regalo de Navidad.
¡Estoy impaciente por abrirlo! Apuesto
a que tú también lo estás por
abrir el tuyo.

Impreso en:
Servicios Profesionales de Impresión S.A. de C.V.
Mimosas 31 Col. Sta María Insurgentes
México D.F. C.P. 06430
Junio 2006